KB271353

동네 한 바퀴

동네 한 바퀴

정 대 구 네줄시집

도서출판 도훈

시인의 말

네줄시 쓰기

생략 압축 긴장 소통

생각보다 어렵네요.

세 번째 네줄시집을 내놓으며

독자 제현의 아낌없는 질책과 응원을

아울러 부탁합니다.

꽃별人 정대구 사룀

3부

4부

5부

1부

'문자편지'를 옮겨 적다

'문자편지'를 옮겨 적다

송산고 옛 제자 퇴직 김인웅 교장이 지난달 문자
를 보내왔다

"살아계셔서 고맙습니다. 라고 속삭였지요" – 작
년 연말에는

고3 담임 김주성 선생님이 97세로 소천하셨지요.
하룻밤 사이에

아무쪼록 우리들의 시인 정대구 선생님은 백수까
지 건강하세요

우산 속 만남

우산 하면 첫 번째 떠오르는 기억이 고2 때다

어쩌다 하굣길에 불시에 급한 비를 만났다

얼결에 앞에 보이는 우산 속으로 뛰어들었다

그미는 나를 받아들여 어깨까지 감싸주었다

시원하게 불볕더위 견디기

그늘에 가만히 앉아 있어도 등골에 땀 주르르 흘
러내려

차라리 고추밭 고랑에 뜨거운 붉은 고추를 따볼
거나 헉헉

웃통을 벗고 고추 부대를 메어다가 뙤약볕에 널
어 말리고

지하수를 퍼 올려 뼈저린 얼음물로 시원하게 등
목해야지

엄마별 아빠별

아스라이 높은 저곳에서 언제나 반짝반짝

저를 지켜보시는 엄마 아빠별 고맙습니다

오늘 밤 아버지 제사 지내고 옥상에 올라가

소지하며 고개 들어 우러러 바라다봅니다

새벽 종소리

종소리 댕그렁 댕그랑 동그라미 그리며

언덕 넘고 들판 건너 길을 내며 날아와

캄캄한 세상 시간과 공간이 환히 열리고

나는 이불을 박차고 일어나 기지개 켠다

시월 상달 고사떡 돌리기

왜 유독 시월만 시월 상달인가

어머니는 고사떡 넉넉히 해서

천지지신께 풍년 농사 고하고

나는 신나게 아래 윗말 돌렸지

한여름에

땡볕 아래 아내는 밭에 나가 땀 빼는데 고추를 따는데

대낮에 글 쓴다고 앉아서 컴퓨터 켜놓고 졸 수야 없지

선풍기 켜 놓고 낮잠이야 잘 수 있나 버럭 소리나 지를까

농사꾼이 천하제일이다 우리 마누라는 누구도 못 말려

얼굴

내가 내 얼굴 말할 수 없어요

내 얼굴 내가 볼 수 없으니까

누가 내 얼굴 말할 수 있어도

괜한 남 말 할 필요가 있을까요

광복절에

안타깝다 광복 70주년이 지나도 반쪽 광복

북쪽은 눈을 못 뜨고 캄캄절벽 암흑세계라

오늘 아침 난 태극기 내다 걸며 소원해 본다

북쪽 동포들 빛을 되찾아 태극기 함께 걸기를

김치

김치는 매콤 달콤 알큰 시큼 시원해

씹는 맛도 좋고 목구멍 넘어갈 때가

사람들 입맛에 맞춘 입맛의 종합세트

서양 사람들도 한국 김치가 최고라지

호박꽃

하늘에는 노란 별꽃 총총총

땅에는 화려한 황금 호박꽃

별꽃보다 크고 향기가 넓어

호박꽃 속엔 벌들이 붕붕붕

전쟁 바람

우크라이나 돈바스 지역에서 일어난

화약 냄새 연기 냄새 비릿한 피비린내

브라운관을 통하여 이역만리 달려와

보일 듯 안 보이는 코끝에 닿는 바람

젤렌스키 우크라이나 대통령

우-러 전쟁 이후 아침저녁으로 뉴스를 타는 저 사람

짧은 턱수염 노동자인가요 전투부대 특수요원인가요

입고 나오는 패션이 가슴 빵빵한 반소매 티셔츠지요

외국 수상들과 만날 때도 늘 똑같은 특수 복장이네요

DMZ에서

여기까지 왔다 더 이상은 못 넘는다

저, 저렇게 개미도 나비도 넘나드는데

왜 왜 사람만 못 넘는가? 못 들은 체

창공은 말이 없고 백운만 오락가락~

구월

나뭇잎들도 오색으로 물들고

벌레들의 노랫소리도 사중주

구월은 사색의 계절이라는데

허, 나만 무념무상 무위도식

원초적 향수

영종도 인천국제공항에 비행기에서 내리자마자

맨흙 바닥에 맨 먼저 입술 대보고 싶은 거다

한동안 떨어져 있던 원초적 생명의 고향 흙냄새

저도 모르게 그리워 와락 입맞춤해 보는 거다

세월의 아쉬움

그때 그미도 간절히 그 말을 기다렸다는데

"사랑합니다" 왜, 왜 그땐 그 말 못 했는지

지나간 세월 마주 보며 아쉬움

아쉬움 한 움큼씩 쥐어봅니다

구월의 농부

긴 긴 장마철 지나고 따끈한 햇볕에 벼가 익어

구수한 향기 피어나는 흐뭇한 황금 들녘 둘러보며

제발 벼멸구 이삭 도열병 덮치지 말고 이대로만

풍성한 마음으로 추수할 수 있기를 바라다보네

바람과 깃발

어깨가 축 처져 힘없이 늘어져 있다

바람아 불어 다오 기를 살리는 바람

깃발을 세워 팔랑팔랑 나부끼는 바람

우리의 소망을 기필코 이루는 바람

10월의 사과

그림자까지 선명한 빛을 삼킨

빛나는 사과 알이 출렁거린다

햇덩이를 한 입 깨물어 보았나

활, 활, 활 타는 듯 속이 환하다

저 쓰레기들

엄청나게 늘어나는 먹다 버린 음식물과 건축폐기물과

멀쩡한 물건들을 마구마구 내다 버리는 과소비 습관과

우주 폐기물이나 쓰레기 인간들도 쓸어버려야 하는데

어디다가 지구 휴지통 쓰레기장 하나 지어야 할까 봐

갓 피어난 신록의 향기

반짝반짝 연한 연초록빛 여린 입술

맑은 눈빛 눈부시게 빛나는 천사들

까꿍 까르르 예쁜 아이들 팔랑팔랑

퐁퐁 터지는 싱그러운 향 향기로워

2부

너는 나의 시 한 줄

너는 나의 시 한 줄

너는 내 눈 속에 날아든 별나비

이미 너는 내 안에 새겨진 불꽃

난 너에게 눈 떴다 딱 시 한 줄

날아가지 마 죽어도 내 곁에서

칼 악수

여야 대표가 첫 만나 웃으며 나누는 악수

TV로 본다 어제까지 서로 욕질하던 그들

속마음은 어떨까 죽기 살기로 싸워보자는

검투사의 대결 직전 서로 마주 대보는 칼

이쑤시개와 전쟁과 햇살

하마스의 미사일이 이스라엘로 날아들어 펑 터지자

당한 이스라엘 병사가 가자지구로 넘어가서 시가전

이쑤시개로 잇새를 쑤시듯 개개는 놈들을 쑤셔낸다

TV를 보고 있는 내 방 안엔 가을 햇살 환히 비쳐 들고

어느 부부간의 대화
- 욕도 많이 먹으니 배가 부르네

더 이상 배불러 못 먹어

무얼 먹었다고 배가 불러

그대가 퍼먹이는 욕사발

방금 곱빼기로 먹었잖아

국회만두

이 만두도 속 터졌고 저 만두도 속 터졌어

이 당 저 당 내부 총질에 모두 속 터져버려

나라 백성들 갈 길 못 찾고 갈팡질팡 속상해

다시 헤쳐모여 궁합 잘 맞는 속 재료 골라봐

바람 부는 날 3

남은 꽃잎 휘날려 다 떨어지고

나뭇잎들 비명 질러대 시끄럽고

천지사방 비닐 조각들 너풀너풀

정신없는데 내 임은 잘 있는지

길 잃은 미아처럼 방황했어요

왕십리 인천행 지하철을 타보셨나요?

수원 버스환승센터로 나와 보셨나요?

지하 3층에서 지하 2층 다시 지하 1층

지하에서 지상의 동서남북 힘드네요

동네 한 바퀴

1. 푸르다

아침에 동네 한 바퀴 돌고 와 돌아보니

푸르다 온 동네가 다 들도 산도 바람도

새와 새소리도 몇 집 안 되는 촌 인심도

지상낙원 평화란 바로 이런 곳 우리 마을

2. 깜돌이

네 집 앞을 지날 때마다 어떻게 알고 네가 껑충껑
충 뛰어나와 반기며

반 시간 넘게 걸리는 내 집 앞까지 나를 바래다주
는구나 날마다 날마다

고맙다 깜돌아 맹인견처럼 앞장서서 길가에 오줌
을 질금질금 갈기면서

그리고 다 왔다 싶으면 냅다 돌아서서 쏜살같이
제집으로 달려가는구나

3. 나비와 놀다

꽃밭에서 노니는 노랑나비 흰나비

나풀나풀 날 잡아봐라 날 잡아봐라

살금살금 다가가 손끝에 달랑 말랑

잡힐 듯이 잡힐 듯이 잡히진 않네

가랑잎 사랑

가랑가랑 앞에서 부르고 뒤에서 따라가네

데굴데굴 몇 번 구르다 서로 몸을 포개네

누가 밟는가 와삭와삭 저들을 밟지 마소

눈 내리고 쌓이고 사랑으로 겨울을 나네

잘못된 메뉴판

룸살롱 메뉴판에 올려놓은 메뉴가 매우 호화찬란해

난 알아먹지도 못할 것들 이방이 일일이 점고 호명

아끼꼬 명월이 아리카노 호리키 화중선 낙향춘…

고만 백화 난만한데, 내가 원하는 춘향인 왜 없는 겨

소화기

나는 소화기 불 끄는 소화기입니다

지하철 칸칸마다 장식용이 아닙니다

불, 작은 불일 때 빨리 꺼야 하는데

당황해 얼굴만 빨갛게 달아오릅니다

내 사랑을 위하여 부탁한다 높은 바람 새털구름아

오오 높은 바람에 밀려 흩어지는 새털구름아

새털같이 쌓인 근심·걱정도 함께 실어 가다오

가을 하늘 높은 바람아, 바람아 너밖에 없다

내 아내의 무거운 병 가볍게 날려버릴 묘약은

나의 여자

나는 한평생 한 여자만을 사랑인 줄 알고 살았네

냉장고같이 냉랭하고 절구통같이 아픔을 주는 여자

티격태격 고슴도치같이 가시를 촘촘히 세운 여자

그러나 나밖에 모르는 부드러운 가슴을 지닌 여자

못 박기

못을 박는데 못은 꼬부라져 튕겨나가고

아야야 괜한 손톱만 시퍼렇게 멍들어

주워다가 다시 잡고 톡톡톡 펴보는데

일단 꼬부라진 못은 바로잡기 힘들어

화성인은 낯 뜨거운 무회비 회원

별나라에서 오신 분은 회비 받지 맙시다

김 교수가 아마도 나를 생각해서 하신 제언

오늘뿐 아니라 번번이 화성인 나는 공짜

항상 미안한데 인정해 주니 더 면목 없네

좌우합작

- 한 우산을 쓰고

한 우산 속에 두 얼굴이 들어있어

네 개의 다리가 발맞추기 어려워

두 사람 어깨는 한 쪽씩만 들어서

좌익은 우익 우익은 좌익이 젖어

투명 인간의 옷

남편은 출퇴근 때마다 꼭 다녀올게요 다녀왔어요

그때 그의 아내는 그가 보이지도 들리지도 않는지

쳐다보지도 않고 뭔 말이 없다 투명 인간을 대하듯

어떻게 아내 눈에 들지 옷 벗고 알몸을 들이댈까

긴가민가 아리송한 보이스피싱

모르는 전화는 절대 받지 말라고 하던데

전화를 받는 순간 돈이 빠져나간다던데

세 번씩이나 같은 번호의 모르는 전화다

궁금하다 내가 저장 못 한 친구가 아닐까

기저귀

병상에 눕히자마자 기저귀부터 채운다

발버둥을 치자 이제 아기가 된 거예요

조무사들이 내 부삿을 쓸어 올리면서

ㅎㅎ 할아버진 다시 백 세까지 살 거예요

밤이나 대추는 벌레도 먹어요

내가 좋아하는 견과류 대추나 밤에는 그 속에 벌
레가 있어요

어떻게 그 단단함 속에 톡 터지는 애벌레가 생겼
는지 와자작

속살을 깨물어 먹고 있어요 얄밉지만 오물오물
맑고 귀엽네요

난 밤과 밤벌레 대추와 대추 벌레 가리지 않고 깨
물어 먹어요

재채기

\- 나에게서 재채기를 빼면 나는 시체

\- 재채기는 내가 살아있음을 증명한다

벼락같이 떨어지는 내 재채기

에취, 깜짝이야 애 떨어지겠소

미안합니다 엣취, 나도 모르게

갑작스레 튀어나온 내 재채기

3부

우리 동네 우복동牛腹洞은

우리 동네 우복동牛腹洞은 1

예봉산을 뒤로하고 들어앉은 우리 동네는

넉넉잡고 앞들은 수백만 평 기름진 논밭

앞은 좌 승학 우 와룡이 만나는 낮은 구릉

동군현 서돌방죽으로 둘러싸인 우리 마을

우리 동네 우복동牛腹洞은 2

예봉산이 북북서향으로 뻗어 내리고

동남향으로 승학산과 와룡산이 감싼

우리 동네는 십여 호 아늑한 무풍지대

임란 병난 육이오 때도 무사했지요

우리 동네 우복동牛腹洞은 3

나는 지금 우리 동네 꼬맹이들 증조부까지도 안다

우리는 대대로 농촌에 뿌리를 박고 사는 이웃사촌

늘지도 줄지도 않고 옛 그대로 대를 이은 10여 호

등 너머까지 난뎃사람 들어왔지만 군현은 못 넘어

홍시를 따면서

까치발 좀만 더 좀만 더 옳지

닿을 듯 손끝에 그냥 안 잡혀

빨간 아쉬움 스무여남은 봉지

파란 하늘 끝에 매달아 뒀네

신이 주신 신발은 맨발인 것을

고양이 까치 참새 노루 벌 벌레 나비들은

신이 주신 신발 맨발 하나로 죽을 때까지

사람만이 맨발에 고무신 가죽신 덧신다가

심지어는 죽을 때도 꽃신 신고 저승 가데

왜 눈물이 날까

싸운다고 해서 손과 발을 쓰는 일은 없다

오직 아내가 언어 폭탄 퍼부어 귀가 멍멍

가슴에 멍이 들고 자신도 모르게 주르르

눈물이… 엄마에게 야단맞는 어린애같이

환생
― 나는 죽어 무엇이 될지

나비나 매미가 저의 전생을 어찌 알까

벌레들이 자신의 다음 생을 어찌 알까

몰라서 그렇지 내게도 전생이 있었겠지

후생도 있겠지 내가 죽어 무엇이 될지

멀어졌다 좁혀졌다 아내와 남편 사이

아침부터 마누라에게서 욕을 하 많이 얻어먹어

배불러 점심 저녁 안 먹어도 배불러 굶으려는데

단식 투쟁의 효과인가 웬일로 삼계탕 끓였다고

식기 전 뜨거울 때 퍼먹고 몸보신하라 하네 흠,

아아, 이럴 수가 핑 눈물이 도네

농사꾼의 둘째 딸을 나는 아내로 맞이했네

어려서부터 흙일로 잔뼈가 굵은 늙은 아내

거친 손 잡아보려면 번번이 냅다 뿌리쳤네

이제 병상에 누운 아내 손을 나에게 맡기네

못대가리

"에라, 사내가 못 하나 못 박아"

냅다 못대가릴 두들겨대는 아내

아야야 망치질 단 몇 방에 쑥쑥

납작해진 내 정수리가 얼얼하다

할미바위와 할배바위
- 공무도하(임이여 건너지 마오) 백수광부가白首狂
夫歌에서

충남 태안군 안면도 꽃지해수욕장 윗머리에

예전부터 할미바위와 할배바위 전설이 있다

할배가 성큼성큼 바닷속으로 걸어 들어가는데

할미가 불러 세운다 '임이여 더 들어가지 마오'

안경을 찾으며

세면대 위에도 안경 침대 머리맡에도 안경

자판기 위도 안경 책갈피에도 이불 속에도

안경 안경 도대체 안경은 어디 있는 거야

저런, 쓰고 있잖아 너 지금 뭐 하는 거냐고

안경을 닦았을 뿐인데

글자가 흐릿하게 보여 안경을 닦는다

안경을 닦는 것은 글자를 닦는 일

글자를 닦는 일은 마음을 닦는 것

마음을 닦고 보니 온갖 것이 선명하다

고맙지만 부끄러운 악수

내 초등학교 시절 국정교과서 겉장에

태극기와 성조기가 손을 맞잡는 사진

미국의 원조로 종이를 사서 이 책을,

부끄럽다 가난했던 조국의 오륙십 년대

오래된 고백

덥거나 춥거나 멀지 않은 곳에 당신과 동시대를
살아가는 이 세상이 좋아요

천당이 아무리 근심 걱정 없는 좋은 사람만 모여
즐기는 곳이라 할지라도

만일 당신이 그곳에 없다면 나는 결코 천당 안 가
고 그대와 여기 남겠어요

자주는 아니더라도 한 달에 한두 번은 짧게나마
서로 눈 맞출 수 있잖아요

자면서도 흔들리며 우는 바람

꽃잎에 싸여 잠들었나 보이지 않는 바람

어디로들 사라져갔는가 바람 한 점 없다

제 모습 보고파 부르르 파들파들 몸부림

나뭇잎 끝에 대롱대롱 매달려 우는 바람

호박

　왜 호박꽃이 어때서 난 황금빛 큰 별 보는 것 같
아 좋기만 하데

　하늘의 별들이 어디 갔나 했더니 원두밭에 호박
꽃으로 피어나데

　장미꽃이 아무리 예쁜들 여름 입맛 돋울 애호박
같은 열매 맺나

　겨우내 방 안에 품위를 지켜주는 늙은 호박 보기
만 해도 따스하데

영수증을 찾으며

증아 증아 빚 갚은 영수증아

너 어디가 숨었니 내놓아라

어서 나와 나를 증명해다오

너 없으면 내가 덤터기 쓴다

내 얼굴을 찾아서

내가 내 얼굴을 직접 못 보는데 내 얼굴이 진짜 어떻게 생겼는지

거울 속에 들어있는 저 모습 기념사진 속에 박혀 있는 저 모습이?

아닐 거야 전에 반구대 암각화에서 찾은 아래턱 이 뾰족한 호미 날

전에 엄니가 늘 그러셨어 배추 꼬리 캐러 가는 삼 각 호미 얼굴이라고

하늘이 구름과 노는 날

하늘이 혼자서 너무나 심심해

고독에 빠져 깊고 깊어지다가

바람에게 구름 불러달라고 부탁

구름 동무해 이젠 심심치 않네

4부

구두를 맞추다

구두를 맞추다

구두가 안 맞는다 다시 맞춰야지

몸끼리 막 개개어 발톱이 멍든다

무엇보다 함께 입 맞추듯 편하고

오래 신는 입맛에 꼭 맞는 구두를

옷과 활엽수

나무들은 연둣빛 고운 옷으로 봄을 맞이하고

여름엔 짙푸른 옷으로 시원한 바람 일으키고

울긋불긋 색동옷 입고 나들이 철 가을 지나면

입던 옷 다 벗어 놓고 맨몸에다 흰 솜옷 입네

한가을 어느 날

하늘이 하 맑아 하늘 구경하러 나왔다가

캠핑카 몰고 나온 석천당 부부를 만났네

하늘가 몇 송이 하얀 꽃구름 쳐다보다가

제자가 띄운 새파란 내 청춘과 부딪쳤네

가을 햇볕 같은

가을 햇볕 같은 따끈한 시를 쓰고 싶다

가을 햇살 같은 따듯한 씨를 심고 싶다

가을 그늘같이 썰렁한 내 가슴 그늘에

가을 벌판같이 쓸쓸한 밭고랑 고랑에

낙엽의 삶

하늘 비우고 오랫동안 바라던 지상으로 내려왔지만

이제 가는 곳이 어디인지 물기 빠진 가벼운 몸으로

가랑잎 되어 굴러가다가 시린 나무뿌리나 덮어볼까

비 맞지 말고 찻길로는 가지 말자 무참하게 짓밟힌다

안개

우주 공간에 뿌연 색칠을 한 듯

도배를 한 듯 안개가 짙습니다

뜨고 있는 내 눈앞에서 사물을

도적맞은 듯 보이는 게 없군요

마늘 1

어두운 땅속에서 길고 긴 겨울의 매서운 추위를
견뎌내고

무거운 흙덩일 밀고 올라온 힘, 강장제 매운 향기
좋아라

한입 깨무는 순간 입안에 불이 난 듯 확확확 맵고
뜨겁다

뱉을 수도 없고 얼결에 그냥 삼켜버려 뱃속까지
얼얼 활활

마늘 2

　지난 늦가을 찬 바람을 맞으며 너를 흙 속에 한 쪽, 한쪽 묻자

　긴 긴 겨울을 어둡고 찬 땅속에서 매서운 추위를 견뎌 내고

　초봄에 제일 먼저 쏙쏙 싹을 틔우고 쑥쑥 자라 마늘종 뽑고

　장마가 들기 전 너를 캐내 보니 놀라워라 주먹만 한 육쪽마늘

삐뚤이 옷걸이

"당신 옷걸이는 45도

반듯한 옷도 기울어져

그런대로 폼나는 당신

짜리몽땅에다가 45도"

바쁘다 가을걷이

어느 결에 푸른 들판 누렇게 물들였나

콤바인 들어서서 왔다 갔다 다 비우고

검정콩 붉은팥 거두랴 도토리도 주우랴

안 보이는 손길이 쉴 새 없이 바쁘다

늦가을에

때가 되니 올해도 벼들이 누렇게 고개를 숙였다

곧 콤바인이 들어가 순식간에 싹 비워낼 것이다

베어내기 위해 봄에 이앙기로 모를 꽂은 것이리

고맙고 감사해 농부들이 매년 이 일을 이어왔다

언제고 그 집 앞에 서면

멀리 그미 집을 찾아서 반겨 들어갈 거야

우리 집 들어가듯 편한 마음으로

소낙비 맞은 젖은 옷 그대로 두려움 없이

나 설렘 안고 그 집 문턱 넘을 거야

아쉬움

한순간 놓쳐버린 좁쌀만 한 알 아쉬움이

내 몸속 어딘가에 살아서 숨어서 쉼 없이

쑤시고 퍼져나가 땅속으로 실뿌리 내리듯

하, 그것참 씁쓸한 입맛 다시게 하네 "喝"

낙엽

어느 날 아침 한 나뭇잎이 지는 순간

동시에 이름하여 한 낙엽이 태어났다

전생과 달리 자유로운 몸 되어 어디든

사람 발길과 차바퀴를 피해 몰려다닌다

가을 기도

노란 벼 이삭 더 노랗게

빨간 단풍잎 더 빨갛게

맑고 밝고 따스한 햇살

대엿새 더 내려 주이소

추석을 보내고

오 남매 식구들 모여 시끌벅적하다가

한 집 두 집 각자 제집으로 돌아가

할망구와 단둘이 큰 집을 지키자니

집 안 그늘 속에서 귀뚜라미가 운다

슬픈 우기

순식간에 시뻘건 눈물의 강둑이 터지고

초록빛 여린 생명줄이 거세게 떠내려가

하늘땅이 쏟아내는 아우성 속에 파묻힌

불확실한 할머니 할아버지 어린 조카들

마음 비우기

비우는 마음 연습으로 비움이 나를 채운다

내 몸무게가 가벼워졌을까 무거워졌을까

오늘 아침 체중계로 내 몸무게를 달아본다

비우고 채워서일까 몸무게는 늘 그대로다

지금은 맛볼 수 없는 어머니의 손맛 우리 집 동치미

질항아리에 샘물 길어다가 흰 소금물을 타서

통무 넣고 통고추 쪽파 띄워 담은 것뿐인데

우리 어머니의 동치미는 세상없는 황홀한 맛

소문이 나 근동에서도 찾아와 얻어가곤 했지

비상구
– 생즉사 사즉생(이순신)

예고 없는 비상사태에 누구나 당황하여

허둥지둥 어딨나 초록 출구 보이지 않네

죽기 아니면 살기! 죽자 살자 달려가자

살았다! 죽을 각오가 비상구 통과한 것

덕담이겠지요

날씨가 개었네 오랜만에 파란 하늘이 드러났네

고개 들어 하늘을 올려다보며 남편이 하는 말

그래, 하늘나라로 빨리 올라가 얼쩡거리지 말고

고추를 널며 쳐다보지도 않고 아내가 하는 말

5부

낙엽의 자유

낙엽의 자유

가고 싶은 곳 못 가서 엉엉 울었었지

이제는 자유의 몸 어딘들 못 가랴 암

이리저리 공원을 몰려다닐 수도 있고

철로를 타고 멀리 여행도 갈 수 있고

세월

그리던 이름을 참 오랜만에 오늘 만났다

아니, 너 맞아 그리던 꽃분이 아니었다

몇십 년 사이 딴사람이 되었다 무섭다

옥 같던 얼굴이 쭈그렁바가지가 되다니

그림자놀이

등잔불 켜 놓고 사촌 누나랑 그림자놀이 하던 시절

열 손가락 이렇게 저렇게 움직여 바람벽에 그림자

멍멍 멍 검둥이가 짖고 토끼는 두 귀를 나풀나풀

팔랑팔랑 나비는 날고 설설 설 게는 옆으로 기었지

사이 2

새가 있고 넓은 강도 있고

저 새가 강을 건너가고 있다

하늘 땅 사이에 우리가 있고

바람 불고 비가 내리고 있다

아름다운 석양에 서서

뜨겁게 달군 햇덩이가 나뭇가지에 걸려

다홍빛 햇살이 비스듬히 비쳐 드는 순간

친구가 요양병원에 들어간다는 문자가

홀연히 날아들어 석양이 길게 머뭇머뭇

연말 반성

초심을 반성한다

과정을 반성한다

결과를 반성한다

반성을 반성한다

누가 노인인가

참말로 나이는 숫자일 뿐 분명 90대 학생이 있다

내가 봉사하는 사회복지대학에 나보다 네 살 위

32년생이 들어왔다 누구보다 학습 자세가 올곧다

한편 꾸벅꾸벅 졸며 무너지는 사오십 대도 있어

고드름

추녀 끝에 발을 붙이고 거꾸로 매달린 고드름

녹다 얼다 양다리 걸치고 물구나무선 고드름

해님이 내려와 녹여 주는 아쉬운 눈물 고드름

똑똑 방글방글 웃음 짓는 어여쁜 수정 고드름

막걸리 분위기

푸르른 가을 하늘에 자유로운 흰 구름 뭉게뭉게

피어오르고 컬컬한 내 목구멍으로 잘 익은 막걸리

꿀꺽꿀꺽 잘도 넘어간다 아리랑고개로 미끄러지듯

영탁의 '네가 왜 거기서 나와' 노래 터져 나오고

*'막걸리 한 잔'(강진)을 부른 트로트 가수 영탁의 또 다른 노래

마음이 몸을 못 이겨

척추의 연골이 빠져나가 키가 13센티나 줄고

대퇴골을 압박하여 다리 옮겨 걷기도 힘들어

무너져 내리는 몸을 마음이 어떻게 다스리나

나를 앞서 내달리는 젊음을 멍하니 바라볼 뿐

다시 짜장면

주머니가 가벼운 시 창작반의 점심은 짜장면 한 그릇

신촌 그레이스에서도 양산 영산대 사회교육원에서도

화성도서관에서도 시동아리 주머니 사정은 마찬가지

언제 어디서나 점심은 짜장면, 짜장면님 고맙습니다

노년

키도 15cm 몸무게도 15kg 줄고

두 끼 먹는 것도 반의반도 못 먹고

속 손톱은 아예 없어지고… 그럼에도

다리는 왜 이리도 무겁고 느린 건지

대보름달

계묘년 토끼해에 정월 대보름달 떴다

토끼야 너는 늙지도 않니 해마다

해마다 해맑다 그 얼굴 그대로구나

찬 하늘 한복판에 홀로인 외로움

제비 보고 싶다

지붕 용마루에 나란히 앉아서 지지배배 노래하던

옛날 제비 보고 싶다 노을 물든 석양을 날아서

날쌔게 벌레 물어다 새끼 먹이던 정겨운 모습

지붕 개량 시멘트 가옥 구조 이후 보기 힘드네

폭설

눈 눈 또 눈 눈 눈 젠장할 투덜거리며

어지러이 휘날려 어지러운 세상 덮는다

눈앞에 굴러온 눈 더미 흰 나귀를 타고

푹푹 어디를 가느냐 숨이 차다 헉헉헉

입춘 이후

식전부터 아내가 버럭 내지르는 말을 타고

뒤에서 세찬 채찍 갈기는 소리 들으며

어, 어흥 울면서 뒷발을 구르며 앞으로 내달려

빙판을 지나 꿀벌이 붕붕 대는 봄꽃을 찾아

발이 고마워

발은 주인의 뜻을 알아서 간다

왼발 오른발 앞다투어 앞서서

가기 어려운 곳도 말없이 간다

돌아와 주인은 발을 씻고 잔다

노인 되어가기 1

나의 경우 70 이전까진 늙는 줄 모르게 젊은 아저
씨로 불렸다

아 벌써 일흔 살 고개에 올라서 비로소 내 나이를
헤아리고

그때부터 뒷산에 올라가 해맞이하길 지난 10년
점점 힘들어

산을 포기하고 평지 걷기를 선택 동네 한 바퀴씩
현재 8년 차

따뜻한 물

손발이 차가운 체질의 나는 물컵에 뜨거운 물을
따라

뜨거워진 물컵에 처음 손바닥을 대었다 떼었다
하다가

이내 따끈해진 물컵을 두 손바닥으로 감싸며 홀
짝홀짝

어느 결에 손바닥 따뜻해지고 곧 배 속까지 훈훈
해진다

물컵 A

어느 카페에서 한 여자와 마주 앉았다

립스틱 짙은 그미는 다른 사람과 달리

물컵 손잡이를 반대쪽으로 잡고 마신다

다른 사람의 입술 자국과 섞이기 싫다며

물컵 C

물컵에 바닷물을 뜨자 순수한 바다가 담긴다

마셔 말어 마신다면 내가 옥돔 고래가 되겠지

옥돔 고래가 숨을 쉬고 갈매기 낚싯배 스친다

뱉어 말어 뱉는다면 해일이 일어나 덮치겠지

공감시인선 65

동네 한 바퀴

ⓒ 2024, 정대구

지은이_ 정대구

발행인_ 이도훈
편 집_ 유수진
교 정_ 김미애
펴낸곳_ 도서출판 도훈
초판발행_ 2024년 5월 20일

사무실_ 서울시 서초구 법원로3길 19, 2층 w109호
        (서초동, 양지원빌딩)
전 화_ 02-595-4621
팩 스_ 050-4227-4621
이메일_ flyhun9@naver.com
홈페이지_ www.dohun.kr

ISBN_ 979-11-92346-75-5 03810
정 가_ 12,000원